Y Cl

Y Ci Mawr Blewog

Elin Meek

Lluniau
Maggy Roberts

Gomer

Argraffiad cyntaf – 2005

ISBN 1 84323 521 8

ⓗ ACCAC, 2005 ©

Dymuna'r cyhoeddwyr gydnabod cymorth
Adrannau Cyngor Llyfrau Cymru.

Cyhoeddwyd gyda chymorth ariannol
Awdurdod Cymwysterau Cwricwlwm ac Asesu Cymru.

Argraffwyd gan
Wasg Gomer, Llandysul, Ceredigion SA44 4JL

Cynnwys

Pennod 1

Nos Wener oedd hi. Ro'n i'n
edrych o ffenest fy ystafell wely
ar dŷ fy ffrind gorau, Rhys.
Roedd hi'n bwrw glaw ac ro'n i'n
teimlo'n ddiflas iawn. Roedd
Rhys yn symud i ffwrdd a doedd
e byth yn mynd i ddod 'nôl.

Roedd Rhys a fi wedi bod yn
ffrindiau erioed –

yn y cylch
meithrin a'r ysgol,

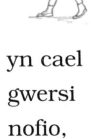

yn cael
gwersi
nofio,

ac yn chwarae
pêl-droed ar
y stryd.

Edrychais allan o'r ffenest yn drist. Roedd Rhys yn aros gyda'i fam-gu a'i dad-cu, ond roedd golau yn y tŷ. Roedd ei fam a'i dad yn pacio popeth yn barod i symud.

Yn sydyn, sylwais ar gi mawr blewog yn cerdded yn araf i fyny'r stryd. Arhosodd ar bwys tŷ Rhys.

'Ci pwy yw hwnna?'
meddyliais.

Cododd y ci ei ben ac edrych
draw. Ro'n i'n siŵr ei fod e'n
edrych arna i!

'Helô, gi,' meddwn i'n uchel.
'Beth rwyt ti'n wneud 'ma,
tybed?'

Ar ôl i mi orffen siarad, croesodd y ci'r stryd. Eisteddodd y tu allan i'n tŷ ni.

Yna, dyma fe'n codi'i bawen.

'Waw, rwyt ti'n gi clyfar, on'd wyt ti?' meddwn i'n uchel.

Siglodd y ci ei gynffon yn gyffrous. Oedd e'n gallu fy nghlywed i, tybed? Sibrydais unwaith eto.

'Wyt ti'n wlyb, gi mawr blewog?'
Yn bendant fyddai e ddim yn
gallu fy nghlywed i nawr.

Cododd y ci ar ei draed a siglo'i
gorff. Tasgodd diferion o ddŵr i
bobman. Oedd, roedd e'n dal i
ddeall. Ond sut? Oedd y ci'n
gallu darllen fy meddwl?

'Oes eisiau bwyd arnat ti?' gofynnais iddo yn fy meddwl.

Yn syth, eisteddodd y ci a chodi ei ddwy bawen. Roedd e'n gofyn am fwyd!

Roedd hyn yn hwyl. Beth arall allwn i ofyn iddo?

'Wyt ti wedi blino?' gofynnais iddo eto yn fy meddwl.

Edrychodd y ci arna i, dylyfu gên a chodi'i bawen at ei geg.

Oedd, roedd e'n deall, ac oedd, roedd e'n gallu darllen fy meddwl! Roedd hwn yn gi arbennig!

Ac wrth i mi feddwl hynny, rhoddodd y ci winc fawr i mi.

Pennod 2

Rhuthrais i lawr y grisiau i'r lolfa.

‘Dad! Mam! Carwyn!’ gwaeddais
yn gyffrous.

‘Beth sydd wedi digwydd i ti?’
gofynnodd Dad. ‘Ro't ti'n ddiflas
iawn gynnau fach.’

‘Edrychwch drwy'r ffenest,’
meddwn i. ‘Mae ci mawr blewog
tu fas i'r tŷ.’

'Doniol iawn,' meddai Carwyn, fy mrawd bach. 'Tynnu coes wyt ti.'

'Oes, mae ci yno,' meddai Mam. 'Ci dierth. Mae e'n gi pert hefyd.'

'Ac mae e'n gallu . . .' Ro'n i ar fin dweud beth roedd y ci'n gallu'i wneud pan ysgydwodd y ci ei ben yn ffyrnig. Doedd e ddim eisiau i bawb wybod!

'Yn gallu beth?' gofynnodd Carwyn.

'Dim,' meddwn i. 'Dim . . .'

'Wel, mae e'n dechrau troi am adre nawr beth bynnag,' sylwodd Mam a chau'r llenni.

'Ydy e?' meddwn i'n siomedig. Ro'n i'n teimlo'n ddiflas eto. Roedd Rhys wedi mynd, a nawr roedd y ci wedi mynd hefyd.

Ond wrth i mi gau llenni fy ystafell wely cyn mynd i gysgu, gwelais fod y ci'n dal yno. Roedd e'n edrych yn wlyb a diflas yn y glaw.

Dihunais rywbryd yng nghanol y nos. Roedd sŵn

cyfarth ac udo mawr. Codais
o'r gwely a mynd i edrych
drwy'r ffenest. Y ci oedd yno.
Bob hyn a hyn, roedd e'n codi
ei ben, yn cyfarth ac yn udo.
Es i ddihuno
Mam.

   Ond roedd
Mam ar
ddihun
yn barod.

'Dyw'r ci ddim wedi mynd,' meddai. 'Fe fydd rhaid iddo fe ddod i'r tŷ. Allwn ni mo'i adael e yn y glaw. Ac mae eisiau llonydd ar bawb i gysgu.'

Aeth Mam i lawr y grisiau. Clywais ddrws y ffrynt yn agor . . . ac yna'n cau. Aeth popeth yn dawel . . . ac es i i gysgu.

Pennod 3

Yn y bore, agorais ddrws yr ystafell wely, ac roedd y ci yn disgwyl amdana i. Roedd e'n gorwedd ar y landin, a'i lygaid yn pefrio.

Cerddais draw am y grisiau,
ond gwthiodd y ci o fy mlaen i.

Rhedodd i lawr y grisiau, mynd
yn syth i'r gegin ac eistedd
wrth fy nghadair i. Roedd e'n
gwybod ble ro'n i'n eistedd!

'Gwell iddo fe gael bwyd, Huw,'
meddai Mam, a rhoi creision ŷd
a llaeth mewn
hen bowlen.

Bwytodd y ci'n awchus.

'Oes enw ar ei goler e, Mam?'
gofynnais.

'Oes . . . Bob,' atebodd Mam.
'Ond does dim rhif ffôn chwaith.'

'Trueni,' meddai Dad, a rhoi ei drwyn dros y papur newydd. 'All e ddim aros fan hyn. Mas â fe i'r stryd, ac os na ddaw neb i'w nôl e, fe awn ni â fe i'r cartref cŵn.'

'Ond, Dad . . .' dechreuais. Edrychodd Bob arnaf â llygaid mawr trist.

Mas â fe i'r stryd.

'Na, dim o gwbl, Huw,' mynnodd Dad. Doedd Dad ddim yn hoffi cŵn.

'Wel, fe gaiff e aros bore 'ma achos ei bod hi'n bwrw glaw,' meddai Mam.

'Ond pan fydd y tywydd yn well . . . mas â fe,' meddai Dad yn bendant.

Drwy'r bore, buodd Bob yn fy helpu.

Pan ofynnodd Mam ble roedd fy slipers, daeth Bob o hyd iddyn nhw.

Pan ddwedodd Dad wrtha i am gau drws y lolfa, aeth Bob i'w gau.

Pan ddwedodd Mam wrtha i am dacluso'r Lego yn fy ystafell, casglodd Bob nhw at ei gilydd.

Pan ddwedodd Dad wrtha i am ddysgu'r geiriau ar gyfer y prawf sillafu dydd Llun, eisteddodd Bob yn dawel yn gwrando arna i.

Ro'n i'n dwlu ar Bob. Ond roedd Dad yn dal i ddweud:

Rhaid iddo fe fynd!

Pennod 4

Erbyn y prynhawn, roedd hi'n braf.

'Mas â'r ci 'na, Huw!' meddai Dad.

'Iawn,' meddwn i. 'Rydyn ni'n mynd i chwarae pêl-droed beth bynnag. Fe gaiff e ein gwylio ni'n chwarae. Carwyn, cer i ddweud wrth Tom ein bod ni'n barod.'

Cyn hir daeth Carwyn 'nôl gyda'i ffrind Tom. Roedd Carwyn a Tom bob amser yn chwarae yn erbyn Rhys a fi. Ond heb Rhys, dim ond tri ohonon ni oedd ar ôl. Dau yn erbyn un.

'Waw!' meddai Tom pan welodd Bob. 'Mae e'n anferth o gi blewog! Blewgi go-iawn!'

Dechreuon ni chwarae. Fi oedd yn y gôl a Tom a Carwyn yn saethu ata i.

Ciciodd Carwyn y bêl at Tom, a saethodd Tom at y gôl.

Ond cyn i'r bêl fy nghyrraedd i, dyma Bob yn codi a rhedeg

fel fflach am y bêl. Roedd ei lygaid yn pefrio a gwibiai fel y gwynt i lawr y cae.

Edrychodd Carwyn a Tom yn syn. Doedden nhw ddim wedi gweld ci tebyg i Bob o'r blaen.

'Hwrê!' gwaeddais. 'Dim gôl.
Da iawn, Bob! Fe gei di chwarae
yn fy nhîm i!'

Siglodd Bob ei gwt. Roedd e
wrth ei fodd. Fi a Bob yn erbyn
Carwyn a Tom. Dau yn erbyn
dau!

Roedd Bob yn chwarae'n wych:

Roedd e'n gallu driblo'n dda.

Roedd e'n gallu osgoi tacl.

Roedd e hyd yn oed yn gallu saethu a sgorio gôl.

Roedd Bob yn gwybod lle roedd y bêl yn mynd bob tro. Roedd e'n gallu darllen fy meddwl i. Ro'n ni'n dîm ardderchog. Cyn bo hir, roedden ni'n ennill 4–0 ac roedd Carwyn a Tom wedi cael llond bol!

Pennod 5

Cafodd Bob ddod i gysgu ar y landin y noson honno. Roedd hi'n bwrw glaw eto, ond roedd Dad yn dal i sôn am y cartref cŵn.

Ces i sawl breuddwyd ryfedd hefyd, ac roedd Bob ym mhob un!

Breuddwydiais fy mod i'n
cael gwers nofio yn yr ysgol, a
daeth Bob i mewn i nofio gyda
fi. Roedd e'n gallu nofio'n
llawer gwell na fi.

Ar ôl dod o'r pwll, siglodd ei
hun yn ffyrnig, a thasgu dŵr
dros Mrs Griffiths, fy athrawes!

Mewn breuddwyd arall, roedd ein teulu ni'n mynd i weld Anti Betsi yn y car. Wrth fynd drwy'r dref, gyrrodd Bob heibio mewn lorri. Chwifiodd ei bawen a chodi ei gap. Roedd y bobl ar y palmant yn synnu wrth ei weld!

Wedyn, breuddwydiais fy mod i, Carwyn a Tom yn cerdded i'r ysgol.

Roedd Daniel Puw y bwli'n disgwyl amdanon ni y tu allan i'w dŷ. Dechreuodd e weiddi enwau arnon ni. Ro'n ni i gyd yn ofnus. Mae Daniel Puw ym Mlwyddyn 6.

Daeth Bob o rywle. Aeth Daniel Puw yn wyn. Roedd e'n amlwg yn ofni cŵn. Yna, rhedodd Bob i ardd Daniel, a gwneud ei fusnes reit yng nghanol y lawnt! Chwarddodd Carwyn, Tom a fi am ben Daniel.

Dihunais yn hwyr ddydd Sul, a phan es i lawr i gael brecwast, doedd dim sôn am Bob. Roedd Dad wedi ei anfon o'r tŷ. Yn waeth byth, roedd e wedi ei anfon o'r stryd hefyd.

Fuodd dim sôn amdano drwy'r dydd na thrwy'r nos. Ddaeth e ddim yn agos i'r stryd o gwbl. Rhaid bod Dad wedi bod yn gas wrtho, meddyliais. Neu efallai ei fod e wedi mynd ag e i'r cartref cŵn.

Bues i'n eistedd yn gwneud dim am dipyn. Ond roedd prawf sillafu dydd Llun, a do'n i'n dal ddim yn gwybod y geiriau. Roedd rhaid ceisio eu dysgu, ond doedd Bob ddim yno i helpu nawr. Na Rhys chwaith. Ro'n i'n gweld eisiau'r ddau.

Pennod 6

Bore dydd Llun, doedd dim
sôn am Bob eto. Dechreuodd
Carwyn, Tom a fi gerdded i'r
ysgol. Dim ond
rownd y gornel
mae hi. Ond ar
y ffordd, rydyn
ni'n gorfod mynd
heibio tŷ
Daniel Puw.
    Roedd
e yno'n
disgwyl
amdanon
ni fel arfer.

'Dyma nhw! Huw a Carwyn a Tom, babis mami!'

Fel arfer, dwi ddim yn dweud gair. Ond ro'n i'n cofio am y freuddwyd pryd roedd Bob wedi gwneud ei fusnes ar lawnt Daniel Puw. 'Pam dylwn i ofni hwn?' meddyliais.

'Cau dy hen geg salw, Daniel!'

Roedd Daniel Puw yn syfrdan.

'Beth ddwedaist ti, Huwi bach?' gofynnodd.

'Cau dy geg,' meddwn i eto, gan geisio swnio'n fwy pendant.

'Chei di ddim siarad fel 'na â fi,' meddai Daniel. 'Dere 'ma i mi gael dysgu gwers i ti.' A cheisiodd fy nal wrth goler fy nghrys.

Wrth i mi symud o'r ffordd, clywais sŵn cyfarth. Rhedodd Bob o rywle, a rhuthro'n syth at Daniel Puw.

Cadw draw, y ci dwl!

'Cadw draw, y ci dwl!' meddai Daniel yn wyllt. Ond roedd Bob yn gwrthod symud. Safodd rhwng Daniel a fi gan chwyrnu'n gas. Aeth Daniel yn wyn. Roedd e'n casáu cŵn!

'Cer â'r ci o 'ma!' gwaeddodd
Daniel. Roedd e bron â llefain
erbyn hyn.

'Dim ond os wnei di addo
gadael llonydd i ni,' meddwn i.
'Babi wyt ti, fel pob bwli.' A
dyma fi'n cydio yng ngholer Bob
a'i dynnu 'nôl. Ddwedodd
Daniel ddim byd. Ond ro'n i'n
gwybod bod dim angen poeni
amdano eto.

Ro'n i mor falch nad oedd
Bob mewn cartref cŵn.
Roedden ni i gyd eisiau mynd â
fe am dro. Ond roedd rhaid
mynd i'r ysgol. Gadawon ni fe
tu allan i'r clwydi, a dweud
wrtho am fod yn gi da.
Bant â fi
i'r dosbarth.
Ro'n i'n dal
i boeni am
y prawf
sillafu.

Pennod 7

'Iawn,' meddai Mrs Griffiths ar ôl rhoi darn o bapur i bawb. 'Y prawf sillafu – misoedd y flwyddyn yn Gymraeg. Ysgrifennwch enw bob mis. Mae pum munud gyda chi.'

Ysgrifennais fy enw ar ben y papur. Ro'n i'n gobeithio 'mod i'n cofio'r cyfan.

'Ionawr, Chwefror, Mawrth . . . popeth yn iawn . . . Ebrill, Mai, Mehefin . . . dim problem . . . Gorffenaf – neu Gorffennaf. Oes dwy 'n' yn 'Gorffennaf'?' Do'n i ddim yn gallu cofio.

Gorffenaf?

Edrychais drwy'r ffenest. Ro'n i bob amser yn gwneud hynny os do'n i ddim yn siŵr am rywbeth. Chwiliais y coed a'r tai ger yr ysgol am yr ateb. Doedd dim syniad gyda fi o hyd. Un neu ddwy 'n' oedd yn 'Gorffennaf'?

Yn sydyn, edrychais yn syn.

Do'n i ddim yn gallu credu fy llygaid! Dyna lle roedd Bob yn sefyll yr ochr draw i ffens yr ysgol!

'Bob!' meddwn wrtho yn fy meddwl. 'Bob, wyt ti'n gallu fy helpu i? Wyt ti'n cofio'r geiriau y bues i'n eu dysgu?'

Siglodd Bob ei gwt.

'Beth sy'n gywir, 'Gorffenaf' neu 'Gorffennaf'. Sawl 'n', Bob, un neu ddwy?'

Cododd Bob ei bawen – unwaith – nage – ddwywaith! Dwy 'n' oedd yn Gorffennaf!

'Diolch, Bob,' meddwn wrtho yn fy meddwl ac ysgrifennu enwau'r misoedd eraill heb broblem. Ces i 12 allan o 12, diolch i Bob!

Y tro nesaf yr edrychais i drwy'r ffenest, roedd Bob wedi diflannu. Welais i ddim golwg ohono am weddill y dydd.

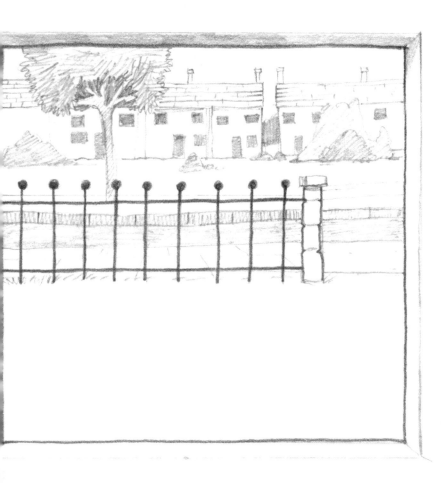

Pennod 8

Ar ddiwedd y prynhawn,
cerddodd Carwyn, Tom a fi
adre o'r ysgol yn araf.
Roeddwn i'n chwilio am Bob
drwy'r amser, ond doedd dim
golwg ohono eto.

Wrth droi'r gornel i'n stryd ni, sylwais fod fan fawr y tu allan i dŷ Rhys. Fan symud tŷ oedd hi. Roedd y bobl newydd wedi symud i mewn, roedd hi'n amlwg. Roedd Rhys wedi mynd am byth. Suddodd fy nghalon.

Roedd Dad a Mam yn siarad â'r cymdogion newydd ar y stryd. Roedd paned o de gan bawb. Croesodd Carwyn a Tom a finnau'r heol atyn nhw.

'Dyma Huw,' meddai Mam.
'Huw yw ein mab hynaf ni . . .
a Carwyn y mab ifancaf, a
Tom, ei ffrind gorau. Mae Mr a
Mrs Powell newydd symud i
mewn.'

'Helô,' meddai'r tri ohonom
yn swil.

'Mae Huw tua'r un oedran â
Marc ni, dwi'n siŵr,' meddai
Mrs Powell. 'Marc!' gwaeddodd.
'Dere 'ma i gwrdd â Huw!'

Ac yn wir, roedd Marc yr un
flwyddyn â fi. Byddai'n gallu
cerdded gyda ni i'r ysgol yn
union fel roedd Rhys yn arfer
gwneud. Ro'n i'n teimlo'n well
yn barod.

'Ble mae Siwan 'te?'
gofynnodd Mr Powell. 'Mae hi'n
mynd i'r ysgol uwchradd.
Siwan, dere i gwrdd â'n
cymdogion newydd ni, wnei di?'

Camodd Siwan o'r tŷ.

Yna, sylwais fod tennyn ganddi.
Tynnodd wrtho, ac o rywle
ymddangosodd ci mawr blewog.
Bob!

'Mae Bob wedi bod ar goll,'
eglurodd Mr Powell. 'Roedd
Siwan wedi dweud wrtho ein
bod ni'n mynd i symud i ran
arall o'r dre. Roedd e'n amlwg yn
cofio'r ffordd yma. Roedd e gyda
ni pan ddaethon ni i weld y tŷ.'

Felly dyna pam roedd Bob yn
eistedd y tu allan i dŷ Rhys!

'Dyna gi clyfar,' meddai pawb,
a rhoi maldod i Bob.

Diolch byth nad oedd Dad
wedi mynd ag e i'r cartref cŵn!

Siglodd Bob ei gynffon ac agor ei geg. Roedd e'n gwenu, ro'n i'n siŵr o hynny. Ac ro'n innau wrth fy modd hefyd. Er mai Siwan a Marc oedd biau Bob, roedden ni'n mynd i fod yn ffrindiau wedi'r cyfan!

Ac wrth i mi feddwl hynny, rhoddodd Bob winc fawr i mi.

Hefyd yn y gyfres:

Cysylltwch â Gwasg Gomer i dderbyn pecyn o syniadau dysgu yn rhad ac am ddim.